Justus Roth

Flusswasser, Meerwasser, Steinsalz

Antigonos

Justus Roth

Flusswasser, Meerwasser, Steinsalz

Unveränderter Nachdruck der Originalausgabe von 1878.

1. Auflage 2024 | ISBN: 978-3-38670-621-6

Antigonos Verlag ist ein Imprint der Outlook Verlagsgesellschaft mbH.

Verlag: Outlook Verlag GmbH, Zeilweg 44, 60439 Frankfurt, Deutschland info@outlook-verlag.de
Vertretungsberechtigt: E. Roepke, Zeilweg 44, 60439 Frankfurt, Deutschland
Druck: Libri Plureos GmbH, Friedensallee 273, 22763 Hamburg, Deutschland

Flußwasser, Meerwasser, Steinsalz.

Von

Justus Roth.

Berlin SW. 1878.

Verlag von Carl Habel.

(C. G. Lüderitz'sche Verlagsbuchhandlung.)

33. Wilhelm-Straße 33.

„Die gelinde Macht ist groß." Kaum bewahrheitet sich der
alte Spruch irgendwo deutlicher als in der Geologie: anscheinend
geringfügige, aber dauernd einwirkende Ursachen bringen die be=
deutsamsten Erscheinungen hervor.

Nach vielen Untersuchungen enthalten im Mittel 10 000
Raumtheile Luft etwas mehr als 3 Raumtheile Kohlensäure.[1]
Jeder Regentropfen, der aus der Atmosphäre auf die Erde ge=
langt, nimmt, abgesehen von sehr geringen Mengen der sonst
noch in der Luft vorhandenen Substanzen, neben Sauerstoff und
Stickstoff etwas von dieser Kohlensäure auf; ebenso der Schnee
und der Thau. Wo immer das atmosphärische Wasser auf die
Erdoberfläche gelangt, wirkt es zunächst mit seinem Gehalt an
Kohlensäure und Sauerstoff auf Boden und Gestein ein, das
Lösliche aufnehmend, das Gestein zerlegend. Da viele in Wasser
fast unlösliche chemische Verbindungen sich in kohlensäurehalti=
gem Wasser, wenn auch in verschiedenem Grade, lösen und diese
Lösungen wieder auf das Gestein einwirken, da ferner das Wasser
beladen mit dem, was es aus den oberflächlichen Schichten auf=
nahm, in die Tiefe dringt, so steigert sich seine Einwirkung
fortwährend; es enthält daher, wenn es endlich als Quell=,
Thermal=,[2] Flußwasser hervortritt, stets mehr oder minder reich=
lich mineralische Substanzen aufgelöst. Ihre Menge und ihre

Beschaffenheit wird wesentlich abhangen von der mineralogischen Zusammensetzung und der geologischen Beschaffenheit des durchströmten Gebietes und demnach in weiten Grenzen schwanken. Häufig vorkommende und dabei in Wasser oder kohlensäurehaltigem Wasser lösliche Substanzen werden sich in den meisten Wässern finden, und in den Mengenverhältnissen der einzelnen gelösten Bestandtheile wird sich der Grad der Löslichkeit ausdrücken.

Ueberfieht man die Reihe der in den Wässern gelösten chemischen Verbindungen (und sieht ab von den mechanisch beigemengten Substanzen), so findet man drei, alles Uebrige an Menge weit übertreffende Gruppen — auf welche hier fast allein Rücksicht genommen ist — Karbonate, Sulfate, Chloride (d. h. Verbindungen der Kohlensäure, der Schwefelsäure, des Chlors). Neben ihnen sind noch als stets vorhanden, aber untergeordnet zu nennen: Kieselsäure und Kieselsäure-Verbindungen (Silikate), Phosphate, salpetersaure Salze, Salze mit organischen Säuren und organische Substanz; Fluor=, Jod=, Brom=, Bor=Verbindungen u. s. w. treten immer nur in höchst geringen Mengen auf. Daß trotzdem manche der untergeordnet vorkommenden Stoffe im Haushalte der Natur eine wichtige Rolle spielen, mag nur beiläufig bemerkt werden. [3])

Unter den Mineralien, welche die feste Erdrinde zusammensetzen, bilden neben Quarz Silikate von Alkalien, Kalk, Magnesia, Eisenoxydul, Thonerde die Hauptmenge. Kohlensäurehaltiges Wasser entzieht ihnen Alkali, Kalk, Magnesia, Eisenoxydul als Karbonat (kohlensaure Verbindung) und nimmt nebenbei etwas Silikat auf, aber Thonerde nur in sehr geringer Menge. Nächst den Silikaten sind Kalk= und Magnesiakarbonat die verbreitetsten Mineralien: beide werden als solche gelöst. Ferner findet sich in vielen aus feurigem Fluß erstarrten (plutonischen) Gesteinen

und in allen aus Meerwasser abgesetzten (sedimentären) Bildun-
gen, welche bei dem häufigen, im Laufe der Zeiten eingetretenen
Wechsel von Meer und Land den bei weitem größten Theil des
heutigen Landes bedecken, Chlornatrium (Kochsalz), das als leicht
löslich vom Wasser aufgenommen wird. Die Verbindungen des
Schwefels mit Metallen, namentlich mit Eisen, in den plutonischen Gesteinen verbreitet und auch in den Sedimenten vor-
kommend, liefern durch Aufnahme von Sauerstoff meist leicht lösliche Sulfate der Metalloxyde, welche sich mit dem gelösten Alkali, Kalk, der gelösten Magnesia zu Sulfaten dieser Basen
umsetzen. Außerdem löst sich der in vielen Sedimenten verbrei-
tete schwefelsaure Kalk (Gyps, wasserhaltiges Kalksulfat) in Wasser
und kohlensäurehaltigem Wasser auf, wenn auch nicht in hohem
Grade. [4] Gegenüber der Häufigkeit und Angreifbarkeit der kali-
haltigen Mineralien ist die Sparsamkeit des Kalis in allen
Wässern, selbst in den Thermen, und namentlich dem Natron
gegenüber bemerkenswerth. Rechnet man dazu noch die eigen-
thümliche Eigenschaft der Ackerkrume, Kali viel stärker aus den
durchsickernden Wässern aufzunehmen als Natron, so erklärt sich
der geringe Kaligehalt der Flußwasser. Im großen Ganzen ist
in Mineralien und Gesteinen Kalk verbreiteter als Magnesia;
Kalksalze sind daher in den Flußwässern reichlicher als Magnesia-
salze, wobei freilich im Einzelnen je nach Quell- und Flußgebiet
Ausnahmen eintreten. Die Löslichkeit von Kalk- zu Magnesiakarbonat in kohlensaurem Wasser verhält sich wie 10 : 13; darin
liegt also nicht der Grund, weßhalb im großen Ganzen Magnesiakarbonat entschieden zurücktritt. Kohlensaures Eisenoxydul und
Manganoxydul, die überall, auch in Thermen, nur in höchst geringer Menge sich finden, lösen sich in kohlensaurem Wasser in
noch geringerem Grade als Kalkkarbonat. Der geringen Löslich-

keit der Kieselsäure und der Silikate entspricht die geringe Menge in den Flußwassern, obwohl beide nirgend fehlen. Von den son= stigen in Flußwasser gelösten Verbindungen (Phosphaten, Eisen= oxyd, Thonerde u. s. w.) kann hier abgesehen werden. Einige Elemente, wie Lithion, Strontium, Baryum, sind in so geringer Menge vorhanden, daß sie nur spektralanalytisch nachzuweisen sind. Salpetersaure Salze, Ammoniakverbindungen, Salze mit organischen Säuren, organische Substanz, welche nirgend in den Flußwassern fehlen, werden entweder aus der Ackerkrume, dem großen Reservoir verwester Organismen, ausgelaugt oder ge= langen direkt hinein. Nach dem Austritt aus großen Städten enthält das Flußwasser zunächst von diesen Substanzen größere Mengen als vorher. Dieselbe Ackerkrume ist ein fortdauernder Quell für Kohlensäure, welche daher die atmosphärischen Wässer reichlich aus ihr aufnehmen.

Die Quell= und Thermalwasser, welche ihre Wurzeln in sehr verschiedenen, zum Theil sehr großen Tiefen haben und daher länger mit den Mineralien in Berührung waren, zeigen in Menge und Beschaffenheit des Gelösten viel größere Verschiedenheiten [5]) als die Flußwasser, in denen sich die Besonderheiten der einzelnen Zuflüsse ausgleichen. Nur vom Flußwasser wird im Folgenden die Rede sein, und auch nur von dem mittleren Gehalt an Gelöstem, der an derselben Stelle nach Jahreszeit, Regenmenge, Schneeschmelze, Wasserstand u. s. w., ferner bei den einzelnen Flüssen je nach der mineralogischen Beschaffenheit des Stromgebietes verschieden ist. Von dem Wasser der meisten größeren und dem vieler kleine= rer europäischer Flüsse liegen Analysen vor; namentlich sind Rhein, Themse, Rhone vielfach untersucht und zwar an verschiedenen Stellen ihres Laufes. Es enthalten 10 000 Th. dieser Flußwasser in Lösung.

	1.	2.	3.
Kalkkarbonat	1,2344	1,557	0,789
Magnesiakarbonat . .	0,4313	0,167	0,049
Kalksulfat	0,3910	0,466	0,466
Magnesiasulfat . . .	—	—	0,063
Natronsulfat	—	0,026	0,074
Kalisulfat	—	0,087	—
Chlornatrium	0,1425	0,200	0,017
Chlorkalium	0,0006	—	—
Kieselsäure	0,0041	0,063	0,238
Thonerde	—	} 0,096	0,039
Eisenoxyd	Spur		—
Phosphorsäure	0,0088	—	—
Salpetersaure Salze . .	Spur	Spur	0,085
Organische Substanz . .	0,0055	0,439	Spur
Wasser und Verlust . .	0,0818	—	—
	2,3000	3,101	1,820

1. Wasser des Rheins unterhalb Cöln bei sehr niedrigem Wasserstande am 21. October 1870 geschöpft. Bohl.
2. Wasser der Themse bei Kew. Graham, Miller, Hofmann.
3. Wasser der Rhone am 30. April 1846 bei Genf geschöpft. Deville.

Enthält nach Finkener das Wasser der Spree vor ihrem Eintritt in Berlin 0,096 organische Substanz, 0,028 kohlensaures Ammoniak, 0,258 Chlornatrium, so sind nach dem Austritt aus der Stadt vorhanden 0,148 organische Substanz, 0,073 kohlensaures Ammoniak, 0,0342 Chlornatrium, und der Gesammtgehalt ist von 1,676 auf 2,072 gestiegen. Aehnliches läßt sich für den Main, der nach der geologischen Beschaffenheit seines Stromgebietes sehr reichlich Magnesiakarbonat führt, bei seinem Austritt aus Offenbach nachweisen. Der Gesammtgehalt steigt von 2,3982 auf 2,6393 Th. Der Einfluß der geologischen Beschaffenheit des Stromgebietes spricht sich am deutlichsten in dem Chlornatrium= gehalt der obigen 3 Analysen aus. Er bildet im

Rheinwasser Themsewasser Rhonewasser

6,2   6,5   0,9

pCt. der Gesammtmenge des Gelöseten.

Im Mittel kann man nach den vorhandenen Analysen den Gehalt an Gelöstem — abgesehen von den Gasen Sauer= stoff, Stickstoff, Kohlensäure — für 10 000 Th. Flußwasser zu 1,8—2,0, zu etwa $^1/_{5000}$—$^1/_{6000}$ der Wassermasse annehmen. Davon pflegt Kalkkarbonat die Hälfte oder mehr auszumachen; daneben findet sich vorzugsweise Magnesiakarbonat und Kalk= sulfat; in viel geringerer Menge Chlornatrium, Magnesia= und Natronsulfat, Kieselsäure und Kalisalze, während die Menge der organischen Substanzen und der aus ihnen abzuleitenden Ver= bindungen, in weiten Grenzen schwankend, nicht selten 10—20 pCt. des Gelösten ausmacht. Erscheint die Menge des Gelösten, $^1/_{5000}$—$^1/_{6000}$, sehr gering, so wird sie durch die Wassermasse zu einer sehr bedeutenden. Beträgt das stündlich abfließende Wasser [6] für den Rhein bei Emmerich . . . . . 265 Mill. Kubikfuß
für den Nil bei Siout (zur Zeit des

hohen Wasserstandes) 1075   „   „
für den Ganges bei Sicligully 1800   „   „
für den Mississippi 1980   „   „
so ergeben sich für das täglich dem Meer in Lösung Zugeführte sehr hohe Zahlen. Der Themsefluß abwärts Kingston — und die Themse gehört nicht zu den größten Flüssen — bringt jährlich 548 230 Tons (à 2400 Pfund) gelöster Substanz in's Meer, darunter 300 000 Tons Kalkkarbonat. [7] Das Alles entzieht sie ihrem Quell= und Stromgebiet. Und wie lange schon geht diese

Entziehung fort! Stellt man dieselbe Rechnung für die gesamm=
ten Flüsse der Erde an, so ergeben sich, selbst nur für die jähr=
lichen Summen, schwindelnd hohe Ziffern!

Berechnet man aus den Analysen des Wassers des Rheins,
der Weichsel, der Rhone, der Loire, der Themse, des Nils, des
St. Lorenz das Mittel des Gelösten — eine Rechnung, welche
nahezu für die Gesammtheit des Flußwassers Geltung haben
wird — so erhält man in Procenten

Karbonate,	Sulfate,	Chloride,	Rest (Kieselsäure, org. Subst. u.s.w.)
60,1	9,9	5,2	24,8 oder rund ohne Rücksicht auf letzteren
80	13	7	—

Analysen des Meerwassers liegen in ungleich größerer Zahl
vor als von Flußwasser, aus allen Meeren, aus allen Tiefen.
Seit Forchhammer 1858 die methodische Untersuchung begann,
ist sie vielfach ergänzt und erweitert worden. Da es von jedem
chemischen Element in Wasser lösliche Verbindungen giebt, so
sollte man im Meerwasser, in welches alle Lösungen gelangen,
die Gegenwart aller Elemente erwarten, aber bis jetzt hat man
darin von den 65 Elementen nur 32 nachgewiesen. Wahrschein=
lich sind die fehlenden in so geringer Menge vorhanden, daß sie
bisher der Untersuchung entgingen. Dahin gehören: die Gruppe
des Cadmiums, des Platins, [8]) des Cers, des Tantals, ferner
Zinn, Antimon, Wismuth, Quecksilber, Chrom, Uran, Selen,
Beryllium. Die sparsam im Meerwasser gelösten Verbindungen
fand man bald durch die Spektralanalyse, bald in der Asche der
marinen Organismen, bald im Kesselabsatz der Seedampfer auf.
Durch den Silbergehalt im Kupferbeschlag der Schiffe, welche
lange in See gewesen waren, ließ sich ein Gehalt an Silber

nachweisen, welches auch neben Zink, Blei, Kupfer, Nickel, Kobalt, Bor in der Tangasche vorkommt. Diese liefert heute noch die größte Menge Jod in den Handel, früher auch das Brom, welches zuerst aus den Mutterlaugen des eingedampften Seewassers dargestellt wurde. Durch die Spektralanalyse erkannte man Arsen, Lithium, Rubidium, Caesium, im Kesselstein Fluor, Strontium, Baryum. Unmittelbar ließen sich im Rückstand des eingedampften Meerwassers, bestimmen: Eisen, Mangan, Thonerde, Kieselsäure, Phosphorsäure, Stickstoff in Form von Ammoniaksalzen, wenn auch die Menge im Einzelnen sehr gering ist. Sonstadt fand, daß der Gehalt an Gold weniger als Ein Gran in 200 Zentnern beträgt.

Die chemischen Bestandtheile des Wassers, Sauerstoff und Wasserstoff, machen selbstverständlich die größte Menge des Meerwassers aus, in welchem als Gase außerdem Sauerstoff, Stickstoff und Kohlensäure aufgelöst sind. Kohlenstoff findet sich im Abdampfrückstand in der Form von Karbonaten, Schwefel als Sulfat von Kalk und Magnesia, Chlor als Chlornatrium, Chlormagnesium und Chlorkalium. Die Untersuchungen haben sich zunächst mit der Bestimmung dieser Salze beschäftigt, mit den Mengen von Chlornatrium, Chlorkalium, Chlormagnesium, Magnesia= und Kalksulfat, welche mit Ausnahme des Kaligehaltes durch einfache Methoden leicht und sicher bestimmbar sind. Löst man die durch Abdampfen erhaltenen Salze in Wasser auf, so bleibt ein Rückstand, der im Maximum $\frac{1}{300}$ der Salzmenge beträgt und die Karbonate, die Phosphate, die Kieselsäure, das Fluorcalcium, Eisenoxyd, Bor, die Thonerde u. s. w. enthält. Genaue Bestimmungen der Bestandtheile dieses Rückstandes, welche sich nur bei Anwendung sehr großer Quantitäten machen lassen, sind nur in wenigen Fällen angestellt. Die Angaben über die Mengen von Kalk= und Magnesiakarbonat, auf welche es hier zunächst ankommt, gehen weit auseinander. Man kann in 10 000 Th. Meerwasser etwa 0,25—0,30 Th. Kalkkarbonat an= nehmen. Dieselbe Verschiedenheit zeigt sich in den Bestimmungen des Broms, dessen Menge in 10 000 Th. Meerwasser zu 0,613 bis 4,814 angegeben wird. Sicher beträgt die Menge des Broms sehr viel mehr als die des Jods, von dem nach Sonstadt im Mittel 0,002 Th. sich in 10 000 Th. Meerwasser finden. Beide sind in leichtlöslichen Verbindungen vorhanden.

Als Hauptergebniß der Untersuchungen stellt sich heraus, daß der Gesammtsalzgehalt und das Verhältniß der 5 Hauptbe= standtheile in Meerwasser, wofern es auf der Oberfläche des hohen Meeres, fern von der Küste und den Flußmündungen geschöpft ist, nur sehr geringen Schwankungen unterliegt. Man muß da= bei absehen von den Meerestheilen, welche nur durch schmale Oeffnungen mit dem Ocean verbunden sind, von Ostsee, Mittel= meer, schwarzem Meer, rothem Meer u. s. w. Dann enthalten im Mittel 1000 Th. Oceanwasser:

Chlornatrium (Kochsalz)	26,862	oder in pCt.	78,32
Chlorkalium	0,582	„	1,69
Chlormagnesium . . .	3,239	„	9,44
Magnesiasulfat . . .	2,196	„	6,40
Kalksulfat	1,350	„	3,94
Sonstiges ⁹)	0,071	„	0,21
	34,300	oder in pCt.	100,00

Von der Salzmenge des Meerwassers betragen demnach in Procenten

Chloride   Sulfate   Sonstiges (Karbonate, Kieselsäure u. s. w.)
89,45   10,34   0,21.

Im Vergleich zum Natron tritt das Kali sehr zurück, es ist mehr Magnesia vorhanden als Kalk, mehr Chlor als Schwefel=

säure. Die geringen Mengen der Brom= und Jodverbindungen sind dabei den Chloriden zugerechnet.

Es lohnt noch einen Blick zu werfen auf die in kleinen Mengen vorkommenden Substanzen. Nach dem höchst geringen Gehalt an Kalkkarbonat und nach analogen Vorgängen muß man eine Abscheidung von Kalk aus dem Sulfat durch Organismen annehmen. Die Schalen der marinen Mollusken, die Korallen bestehen zum größten Theil aus Kalkkarbonat, neben welchem organische Substanz, Magnesiakarbonat, Phosphate, Sulfate, Fluorverbindungen u. s. w. in geringer Menge sich finden. Berechnet man die Wassermenge, welche eine Auster aufsaugen muß, um eine 50 g wiegende Schale zu bilden, unter der gewiß nicht zutreffenden Voraussetzung, daß die Auster aus dem Meerwasser die ganze Summe des Kalkes abscheide, so würden 50 kg nöthig sein, eine im Vergleich zum Gewicht des Thieres sehr große Menge. Und nun gar die riffbauenden Korallen! Meilenlange Umsäumungen der Küsten, Aufbau ganzer Inseln! Das schöne Roth der rothen Koralle rührt von Eisenoxyd (0,88 pCt. der trockenen Koralle) her, und Eisen findet sich nur spurweise im Meer= wasser. Enthält die 2 pCt. betragende Asche des Fischfleisches 40 pCt. Phosphorsäure, läßt sich durch geeignete Behandlung dieser Ge= halt soweit steigern, daß Fischguano wegen seines Phosphorsäure= gehaltes als Düngemittel verwendet wird, so erkennt man auch hier die merkwürdige Eigenschaft der organischen Zelle in klein= sten Mengen vorhandene Stoffe festzuhalten und zu concentriren.

Am schärfsten tritt diese Fähigkeit in dem Jod= und Brom= gehalt der Tangaschen hervor. Trockene Tange liefern etwa 20 pCt. Asche, aus 1000 kg der aus dieser hergestellten Rohsoda gewinnt man 4,07 kg Jod und 400 g Brom; die englische Industrie (Hauptsitz Glasgow) lieferte 1871 57 000 kg, die französische (Hauptsitz Cherbourg) etwa 40 000 kg Jod in den Handel, und die Menge des Jods im Meerwasser beträgt 1 : 5 000 000! Noch bemerkenswerther erscheinen trotz des viel größeren Bromgehaltes des Meerwassers die sehr geringen Mengen von Brom in den Tangen. Daß die Tangaschen früher einen bedeutenden Theil des Bedarfs an Kalisalzen zu decken hatten, ist neben den angeführten Thatsachen bei dem viel größeren Kaligehalt des Meerwassers nicht mehr auffallend.

Die verhältnißmäßig verdünnte Salzlösung, welche in Gestalt von Flußwasser in's Meer gelangt, erniedrigt in der Nähe der Flußmündungen und in den mit dem Ocean nur durch wenig breite Oeffnungen verbundenen Meerestheilen den Salzgehalt erheblich. Für die Ostsee liegen zahlreiche Angaben vor. An den Enden des finnischen und baltischen Meerbusens sinkt der Salzgehalt auf 2,6 per Mille und noch tiefer, bei Pillau beträgt er schon 7 per Mille, im Fehmarnsund 13,5 per Mille, im großen Belt 18 per Mille, bei Marstrand (Schweden, Anfang des Skager Raks) 24 per Mille und erreicht dann in der Nordsee seine normale Höhe wieder. Aehnliche Verhältnisse gelten für das schwarze Meer u. s. w. Die Regelung und Gleichmäßigkeit des Salzgehaltes im Ocean wird durch die Verdunstung bewirkt, welche zunächst die Vergrößerung der Menge des Meerwassers und die Erhöhung des Niveaus hindert. In einem großen Kreislauf sendet der Ocean in Form von Wolken das Wasser zurück, das ihm die Flüsse zugeführt haben. Das Wasser — [10])

> „Vom Himmel kommt es,
> Zum Himmel steigt es
> Und wieder nieder
> Zur Erde muß es,
> Ewig wechselnd.“

Die Sonne ist der Regulator des Meeresniveaus. In den wärmeren Gegenden bringt sie das Meerwasser auf höhere Tem=

peraturen, das leichtere, weil wärmere Waſſer fließt auf der Oberfläche den kalten Polen zu, und von dort bringt ſchwereres, weil kälteres Waſſer in der Tiefe zum Aequator hin. Dieſe Ungleichheit der Temperatur iſt eine der Haupturſachen der Meeresſtrömungen, welchen zunächſt die Ausgleichung des Salzgehaltes in der Tiefe angehört. Die Erſcheinungen der Meeresſtrömungen ſind höchſt verwickelt, hier kann nur ihr Vorhandenſein und die eine genannte Wirkung erwähnt werden, wonach Meerwaſſer aus derſelben Tiefe an verſchiedenen Stellen verſchiedenen Salzgehalt zeigt, je nachdem die eine oder die andere Strömung die Oberhand gewinnt.

Eine Erhöhung der Salzmenge wird in allen den Meerestheilen eintreten, wo die Verdunſtung ſtärker iſt als der Zuſtrom. Für das Mittelmeer, namentlich im öſtlichen Theil, iſt die dadurch bewirkte Vermehrung des Salzgehaltes beträchtlich; er beträgt dort 38—40 per Mille. Da das ſalzreichere und ſomit ſchwerere Waſſer in die nach den eigenthümlichen Verhältniſſen des Mittelmeeres wenig bewegte Tiefe ſinkt, ſo iſt an manchen Punkten der Salzgehalt noch größer. Dieſer würde fort und fort ſteigen, fände nicht durch die Straße von Gibraltar auf der Oberfläche und weithin zu verfolgen eine Einſtrömung von ſalzärmerem atlantiſchem Waſſer ſtatt, während darunter in der Tiefe ſalzreicheres Waſſer mit 40,5 per Mille Salzgehalt[10a] aus dem Mittelmeer in den atlantiſchen Ocean ſich ergießt. Aehnlich führt ein Unterſtrom ſalzreicheres Waſſers durch die Dardanellen in das ſchwarze Meer. Am beſten unterſucht iſt das Verhalten der Nord- und Oſtſee. [11] Die ſalzreichen Tiefenſtrömungen aus Nordſee und Kattegat, welche im Allgemeinen den größten Tiefen als vorgeſchriebenen Strombetten folgen, laſſen ſich bis in die Enge zwiſchen Bornholm und der ſchwediſchen Küſte nachweiſen. Der große Belt iſt der Hauptſitz des Unterſtroms, demnächſt der kleine Belt, in noch minderem Grade zufolge der untermeerischen Bodenverhältnisse der Sund. Im großen Belt beträgt auf dem Grunde (in 35 Faden Tiefe) der Salzgehalt bei einer von Nord nach Süd gerichteten Strömung 30,26 per Mille und steigt selbst auf 32,72 per Mille, während einen Fuß unter der Wasseroberfläche die von Süd nach Nord gerichtete Strömung nur einen Salzgehalt von 10 per Mille besitzt. Die Windrichtung, die Jahreszeit und andere Umstände spielen hier bei dem Salzgehalt der Oberfläche eine große Rolle. Welchen Einfluß die Größe des Salzgehaltes auf Fauna und Flora der Ostsee ausübt, lehren die zahlreichen Untersuchungen.

Durch die Lage des rothen Meeres erklärt sich vermöge der starken Verdunstung und der schmalen Verbindung mit dem Ocean der das Mittel weit überschreitende Salzgehalt, welchen Forchhammer zu 43,148 per Mille, Robinet und Lefort zu 41,814 per Mille bestimmten. [12]) Diese Zahlen sind das Maximum für oceanisches Wasser.

Selbst bei dieser Concentration ist kein Niederschlag des im Meerwasser Gelösten zu erwarten, dazu ist die Löslichkeit selbst für die am schwersten löslichen Karbonate von Kalk und Magnesia zu groß. In Folge der Verdunstung setzt sich auf den Grund des Oceans nichts ab, [13]) und wenn Abscheidungen eintreten, so sind sie durch Organismen vermittelt oder durch Niederfallen des mechanisch im Oceanwasser Aufgeschwemmten, des Suspendirten. Bringt doch allein der Mississippi an seiner Mündung jährlich 812 Billionen Pfund Schlamm[14]) in den Ocean, führt doch die viel kleinere Elbe aus ihrem 880 Quadratmeilen großen Quellgebiet jährlich 496 Millionen kg Suspendirtes aus Böhmen fort, [15]) von denen ein immer noch beträchtlicher Theil an die Mündung gelangen wird. Im Wasser des Hoangho fand Barlow $\frac{1}{200}$ Schlamm, im Ganges $\frac{1}{98}$, welcher daher 4 Meilen vor seiner Mündung auswärts das Meerwasser trübt. Neben der Größe und Tiefe des Oceans erscheinen freilich alle diese Zahlen verschwindend klein. Der Tiefseeschlamm, der Niederschlag des Suspendirten, besteht der Hauptsache nach aus eisenhaltigem Thon, feinem Sand und wenig Kalkkarbonat, von dem ein Theil von Kalkschalen abgestorbener Organismen (namentlich Globigerinen) herrührt, während der größere Theil des Kalkkarbonates durch den von den Flüssen herbeigebrachten Kalkschlamm gebildet wird. Weniger häufig (namentlich im Bett des Golfstromes, vom Golf von Mexiko an längs der atlantischen Küste der Vereinigten Staaten und darüber hinaus) [16] besteht der Absatz wesentlich aus Kalk- und Magnesiakarbonat neben Kalkphosphat, welche den Schalen von Polythalamien (namentlich Globigerinen, daher Globigerinenschlamm) angehören. Sparsam (so im antarktischen Meer) bedeckt ein Absatz, welcher der Hauptsache nach aus Resten kieselhaltiger Organismen (Radiolarien und Diatomeen) besteht, den Meeresgrund.

Versuche, in welcher Reihenfolge beim Eindampfen des Meerwassers die einzelnen Verbindungen aus der Lösung sich abscheiden, ergeben Folgendes. [17] Zuerst fällt das schwerlösliche Kalk- (und Magnesia-) Karbonat nieder, dann, wenn von dem ursprünglichen Volumen etwa noch ein Fünftel übrig ist, die Hauptmenge des Kalksulfates (als Anhydrit oder als wasserhaltiger Gyps) mit dem Rest des Kalkkarbonates, sodann bei weiterer Concentration die Hauptmenge des Kochsalzes mit geringer Menge von Chlormagnesium, Bromnatrium und etwas mehr Magnesiasulfat. In 1000 Gewichtstheilen der dann noch vorhandenen sehr concentrirten Lösung („Mutterlauge"), welche bei einem specifischen Gewicht von 1,320 (35 Grad Beaumé) nur $\frac{1}{62}$ des ursprünglichen Volumens ausmacht, aber etwa noch $\frac{1}{5}$ der ur-

sprünglichen Salzmenge enthält, sind gelöst 396,19 Gewichts-
theile Salze, und zwar für 100 Th. Salze berechnet:

	Mutterlauge	Oceanisches Mittel
Chlornatrium	30,55	78,32
Chlormagnesium . . .	37,55	9,44
Chlorkalium	6,30	1,69
Bromnatrium	3,90	—
Magnesiasulfat . . .	21,90	6,40
	100,00	

In der Mutterlauge fehlen Karbonate und Kalksulfat voll-
ständig, ebenso das S. 11 als Sonstiges Angeführte. Ueber die
sehr geringe Menge der Jodverbindungen ist nichts angegeben.
Vergleicht man das Verhältniß der Salze mit dem Mittel des
Oceanwassers (s. S. 11), ohne Rücksicht auf Bromnatrium, von
dessen geringer Menge im Oceanwasser schon S. 11 geredet ist, so
sieht man, daß verhältnißmäßig die Menge des Chlormagnesiums
und des Chlorkaliums am meisten, etwa auf das Vierfache, gestiegen ist, während sich die Menge des Magnesiasulfates in geringerem Maaße erhöht hat und die des Chlornatriums bedeutend
vermindert ist. Die im Einzelnen verwickelte Erscheinung erklärt
sich zum großen Theil dadurch, daß Chlornatrium in concentrirten Lösungen anderer Salze, namentlich des leichtlöslichen Chlormagnesiums, wenig löslich ist. Dieselben Vorgänge wiederholen
sich im Großen in den Salzgärten (marais salants, marinhas),
in denen man durch Sonne und Wind zum Behuf der Kochsalz-
gewinnung Meerwasser verdunsten läßt: so an den Küsten des
atlantischen, mittelländischen, adriatischen und stillen Meeres. Ist
durch die Verdunstung der größte Theil des Kochsalzes abgeschieden, so fällt die übrig bleibende Mutterlauge der chemischen
Großindustrie anheim. Diese verwendet die Mutterlauge namentlich zur Darstellung von Chlorkalium und Natronsulfat (Glauber-

salz), welches letztere aus Umsetzung von Magnesiasulfat und Chlornatrium entsteht und ein in der Industrie begehrter Artikel ist. Auf ihm beruht die Darstellung von Soda (Natronkarbonat), der Verwendung in anderen Industriezweigen (Fabrikation von Glas, Ultramarin u. s. w.) nicht zu gedenken. Chlorkalium ist die Grundlage geworden für Darstellung von Kalikarbonat (Pott=asche), Kalisalpeter, sowie anderer Kalisalze und als Düngemittel gesucht.

Bedingt durch die Lage der Gebirgsketten und die Boden=plastik giebt es eine Reihe von Continentalströmen, deren Mün=dungen den Ocean oder Theile desselben nicht erreichen, von größeren oder kleineren Wasserläufen, welche ausschließlich auf das feste Land beschränkt sind. Manche derselben versiegen in ihrem Bett, die meisten münden in Binnenseen aus, in Depres=sionen des Bodens, welche das Wasser ansammeln. Regelt auch hier die Verdunstung die Höhe des Wasserstandes, so bleibt doch alles in den Zuströmen Gelöste zurück, dessen Menge daher in den Binnenseen fortdauernd steigen muß und zwar bei gleicher Verdunstung um so schneller, je mehr die Zuströme an Gelöstem enthalten. Die Menge und Beschaffenheit desselben hängt auch hier, wie überall, von der mineralogischen und geologischen Be=schaffenheit des Zuflußgebietes ab. Daher ist in manchen Seen der abflußlosen Gebiete die Zunahme des Gelösten nur gering, bei anderen höchst bedeutend. Abflußlose Gebiete finden sich in allen Erdtheilen, oft in bedeutenden Meereshöhen. Das größte erstreckt sich westlich vom kaspischen Meere bis östlich gegen das Quellgebiet des Amur und Hoangho, und dazu gehört das Stück von Ost=Europa, welches das Quellgebiet der Wolga bildet. Von den kleineren abflußlosen Gebieten ist das des Jordans mit dem

23 Quadratmeilen großen todten Meere durch Lartet genau unter=
sucht. Die große Mehrzahl der Binnenseen der abflußlosen Ge=
biete ist zu Salzseen geworden, in denen der Gehalt an Kochsalz
oder an Magnesiasalzen überwiegt. Die Zahl der sogenannten
Natron= und Boraxseen, der Binnenseen, in welchen Natronkar=
bonat, resp. Borax neben Kochsalz, Natronsulfat u. s. w. einen
erheblichen Bruchtheil des Gelösten ausmacht, ist sehr viel ge=
ringer. Für das Verhältniß der einzelnen gelösten Salze, welches
in den verschiedenen zu Salzseen gewordenen Binnenseen sehr
große Unterschiede zeigt, ist wieder die geologische Beschaffenheit
der Umgebung und des Flußgebietes entscheidend. An manchen
Punkten kann man die Herkunft eines Theils des in die Binnen=
seen eingeführten Kochsalzes aus anstehenden Steinsalzstöcken
nachweisen. Was für die Seen der abflußlosen Gebiete gilt, hat
Geltung für die Binnenseen überhaupt.

In ähnlicher Weise entstehen Salzseen da, wo durch ein Riff,
eine Barre, Düne, (Peressyp am schwarzen Meer) vom Haupt=
bassin getrennt bleibende Ansammlungen von Meerwasser verdun=
sten, wo die Natur den künstlichen Salzgarten herstellt. So am
schwarzen Meer, in der Krym, am asowschen Meer u. s. w.
Als Beispiele für die verschiedenen Bedingungen, unter denen
sich heute aus Binnenseen Salz absetzt, mögen angeführt werden
das kaspische, das todte Meer und der große Salzsee von
Utah.

Nach den namentlich von E. von Baer angestellten Unter=
suchungen war die nordkaspische, jetzt unter dem Meeresniveau
liegende Steppe einst Boden des kaspischen Meeres. Die Abtren=
nung des aralo=kaspischen Gebietes von dem Gebiete des schwarzen
Meeres erfolgte schon in der Miocänzeit. Das mehr als 6000
Quadratmeilen bedeckende kaspische Meer, größer als England,
Schottland und Irland zusammengerechnet, ist der Rest eines

früheren größeren Meeres, also nicht ein Süßwassersee, welcher allmählich seinen Salzgehalt aus den Zuflüssen erhalten hat. Zwar bringen jetzt die Flüsse Wolga, Ural, Emba u. s. w. zum Theil aus älteren, in der Steppe anstehenden Salzablagerungen, Kochsalz hinein, außerdem gelangt es aus dem transkaukasischen Salzboden in das kaspische Meer, aber diese Mengen sind nicht beträchtlich. Wasser geschöpft an der Oberfläche, 75 Werst südlich der Vierhügelinsel, der äußersten Insel, welche die Wolga bei ihrem Ausfluß bildet, also ein Gemisch von Wolgawasser mit dem Wasser des kaspischen Meeres, enthält in 1000 Th. nur 1,4975 Gelöstes, darunter 0,752 Kochsalz. Die Verdunstung ist im nördlichen flacheren Theile des kaspischen Meeres stärker als der Zustrom, daher findet eine Einströmung aus dem südlichen, tieferen und salzreicheren Theile statt. Der Salzgehalt beträgt dort 13 per Mille, darin im Mittel procentisch 62,7 pCt. Chlor= natrium und 23,8 pCt. Magnesiasulfat, von letzterem also rela= tiv [18]) viel mehr als im Oceanwasser. Die Verdunstung bringt an der Ostküste, in der schmalen Kaidak = Bai (Kara = Su) den Salzgehalt auf 56,28 per Mille, weit über das oceanische Mittel, aber von Salzabsatz ist noch keine Rede. Südlich vom Kara= Su liegt, nach Osten von regen= und wasserlosen Wüsten be= grenzt, ein 3000 Quadratseemeilen großer, durch eine Barre ab= geschnittener Busen, der Kara=Bogas, „als große Salzpfanne." Auf seinem Boden ruht eine Kochsalzschicht von unbekannter Mächtig= keit, welche fortdauernd zunimmt, im Sommer ist an manchen Punkten nur festes Kochsalz vorhanden. Mit bedeutender Ge= schwindigkeit strömt durch die schmale Oeffnung der Barre fort= dauernd Seewasser hinein, die starke Verdunstung hält dem Zu= strom das Gleichgewicht, das Kochsalz bleibt zurück, und so wird dem kaspischen Meer immerwährend Chlornatrium durch den Kara = Bogas entzogen. Sein Wasser ist so salzig, daß keine

Organismen darin leben, während die Westseite des kaspischen Meeres einen Reichthum an thierischem Leben besitzt. Im Kara-Bogas setzt sich Kochsalz und Gyps ab, während die Magnesia-salze der Mutterlauge wieder in das kaspische Meer zurückfließen. Aus dem Salzsee wird allmählich die Salzmulde.

Aehnlich entstehen in Vertiefungen der kaspischen Niederung fortwährend durch Auslaugung des Bodens Salzseen, andere sind aus abgeschlossenen Theilen des kaspischen Meeres hervorge-gangen. Das Verhältniß der einzelnen gelösten Salze, nament-lich der Hauptbestandtheile, Chlornatrium, Chlormagnesium und Magnesiasulfat ist sehr verschieden, der Gesammtgehalt meist hoch. Man kennt mehr als 2000 solcher Salzseen, von denen der größte, der Eltonsee, jährlich bis 200 Millionen Pfund Kochsalz liefert. An seinen Rändern und an seinem Boden findet sich überall krystallisirtes Kochsalz, abgesetzt in mehr als hundert, durch Schlammlagen getrennten Schichten. Nach der Schneeschmelze liefern die acht in den See mündenden, zum Theil salzreichen Bäche und Flüsse so viel Wasser, daß aus den oberen Salz-schichten eine concentrirte Kochsalzlösung (Soole) entsteht, welche durch die im Sommer eintretende Verdunstung Salzkrystalle lie-fert und damit eine neue Salzschicht. Das Wasser des Sees ist gegen Ende des Sommers eine concentrirte Mutterlauge mit einem Salzgehalt von 271,3 per Mille, der hauptsächlich aus Chlormagnesium (60 pCt. und mehr des Ganzen), viel Magnesia-sulfat, und aus etwas Chlornatrium besteht. Im Winter wird eine reichliche Menge Magnesiasulfat in Krystallen abgeschieden, welche im Sommer wieder gelöst werden. Die Zusammensetzung des Eltonseewassers, dessen Gehalt an Kalksulfat immer nur ge-ring ist, wechselt daher nach den Jahreszeiten. Manche dieser Seen entwickeln Schwefelwasserstoff (Faule Seen) und enthalten im Grunde schwarzen Schlamm, dessen Färbung Schwefeleisen bewirkt. Ist nämlich in Folge von Temperaturschwankungen aus Chlornatrium und Magnesiasulfat Natronsulfat entstanden, so krystallisirt dieses z. Th. neben Gyps, Chlornatrium heraus, oder es wird durch organische Substanzen (Algen u. s. w.) in Schwefelnatrium umgewandelt, das mit dem Eisengehalt des Bodens Schwefeleisen liefert.

Nach Lartet's Ausführungen verdankt das 392 m unter dem Meeresspiegel liegende todte Meer, das nach ihm nie mit dem rothen oder mittelländischen Meer in Verbindung stand, seinen außerordentlich hohen, durch den Reichthum an Chlor- und Brommagnesium ausgezeichneten Salzgehalt nur der Verdunstung von angesammeltem Quell- und Flußwasser. Das in der Nähe des todten Meeres anstehende ältere Steinsalz (wie am Djebel Usdom) wird nur ausnahmsweise nach Winterregen und Schneeschmelze bei großem Wachsthum des Wassers vom See erreicht und bei der geringen Regenmenge wird nur wenig davon gelöst, so daß es nur einen sehr untergeordneten Beitrag zum Salzgehalt des Seewassers liefert, zu dem die früher noch reichlicheren Thermen sicher beitragen.

Aus Mergel- und Sandschichten mit salzigen Gypsbänken bestehende Absätze, welche mehr als 100 m über den heutigen Wasserstand hinausreichen, beweisen, daß Wasserstand und Wassermenge früher weit größer waren als jetzt. Aus seinem Quellgebiet, Kreide- und Eocänschichten, bringt der Hauptzufluß des todten Meeres, der Jordan, viel mehr Gelöstes in den See als die meisten Flüsse, mindestens 1,05 per Mille. Darunter vorwiegend Chlornatrium und Chlormagnesium und sehr wenig Sulfate. Er verhält sich wie manche Steppenflüsse. Sein relativ leichtes Wasser fließt auf der Oberfläche des todten Meeres hin und vermischt sich nur langsam mit dem schwereren, salzreicheren Wasser der Tiefe. In 300 m Tiefe beträgt der Salzgehalt 278 per

Mille bei einem specifischen Gewicht von 1,2563. Darin sind enthalten in Procenten:

tobtes Meer:		Mittelmeer, Mutterlauge:
Chlornatrium	13,95	80,68
Chlormagnesium	61,27	8,87
Chlorkalium . .	3,21	1,47
Chlorcalcium .	18,10	—
Brommagnesium	3,13 Bromnatrium	1,57 (= Brommagne= sium 1,40)
Kalksulfat . .	0,34	0,62
Magnesiasulfat .	—	6,79
	100,00	100,00

Zum Vergleich ist der Salzgehalt der Mutterlauge (specif. Gewicht 1,210 = 25° Beaumé) daneben gestellt, welche das Mittelmeerwasser liefert. Die Verschiedenheit beider liegt darin, daß die Sulfate fast ganz im Wasser des todten Meeres fehlen, welches dagegen einen Ueberschuß von Chlormagnesium, Chlor= calcium, Chlorkalium und Brommagnesium enthält. Wechselt auch in den verschiedenen Tiefen das Verhältniß zwischen den beiden Hauptbestandtheilen Chlormagnesium und Chlornatrium, so überwiegt doch stets das erstere fast eben soweit, (65 : 25), wie in der größten untersuchten Tiefe. Die Menge des Broms (7 Th. in 1000 Wasser), von der jedoch ein Theil nach Lartet aus Quellen im Grunde des todten Meeres herrührt, läßt auf eine lang anhaltende Verdunstung schließen, da es zu solcher Menge nur in concentrirten Mutterlaugen sich anhäuft. Die Ver= dunstung findet noch heute in ungewöhnlich hohem Maaßstabe statt: nach Schubert[19]) ruht in Folge mangelnder Luftströmun= gen über dem todten Meer stets ein dicker Nebel, so daß die Ein= wohner von Jericho (453 engl. Fuß über dem todten Meere) die südlichen Küsten nie zu Gesicht bekommen. Das Wasser der Tiefe des todten Meeres ist die Mutterlauge, aus der der größte Theil des Kochsalzes niedergefallen ist. Den Boden des todten Meeres bedeckt ein bläulich=grauer Thon mit zahlreichen Kochsalzwürfeln und Gypslinsen, ein gypshaltiger Salzthon, Niederschlag des suspendirten Thones und Absatz aus der concentrirten Salz=lösung.

Der große Salzsee von Utah, 12 geographische Meilen lang und etwa halb so breit, zeigt über seinen flachen Ufern und an den Berginseln, welche sich bis zu 3000 Fuß über dem Spiegel des Sees erheben, alte Uferterrassen, welche auf gewaltige Ver=änderungen des Seebettes hindeuten. Das vollkommen klare Wasser des Sees ist fast gesättigte Salzsoole mit einem Gesammt=salzgehalt von 224,22 per Mille. Von den Salzen macht Koch=salz 90,64 pCt., Chlormagnesium 1,13 pCt., Natronsulfat 8,23 pCt. aus. Aendert sich auch je nach den Jahreszeiten der Salzgehalt, so bleibt stets Kochsalz der überwiegendste Bestandtheil. Wo das Wasser durch Stürme über die flachen Ränder getrieben wird, bildet sich häufig in Folge der schnellen Verdunstung eine so feste Schicht von Kochsalz, daß bei anhaltend trockenem Wetter selbst Lastthiere sicher darüber hinschreiten können.

Wenn man ausspricht, daß alles Kochsalz zunächst dem Ocean entstammt, so kommt man der Wahrheit sehr nahe. Wird auch Chlornatrium, welches in hoher Temperatur unzersetzt flüchtig ist, in den Krateren und auf den Laven der Vulkane als Sublimat gefunden, enthalten auch die plutonischen Gesteine Chlornatrium, das ihnen durch Wasser entzogen wird, in geringer Menge, so daß es aus ihnen in die Quellen und Flüsse gelangt, so rührt doch bei weitem das meiste Kochsalz, welches die Flüsse in's Meer liefern, aus alten Absätzen des Meeres her und ebenso dasjenige,

welches die Binnenseen enthalten. Die Flüsse bringen das, was
an Kochsalz dem Meere früher in den Absätzen entzogen wurde,
wieder in das Meer zurück. Dieselben Erscheinungen, welche wir
in den Salzgärten hervorbringen, treten ein, wenn ein Stück des
Meeres durch eine Barre, durch Hebung der Ränder oder durch
andere Bedingungen vom Ganzen abgetrennt, der Verdunstung
anheim fiel: es entstanden Salzablagerungen, Salzlager. Zu
allen Zeiten, in allen geologischen Perioden, in allen marinen
Sedimentformationen kommen sie vor, in den verschiedensten
Meereshöhen, in den verschiedensten Mächtigkeiten finden sie sich;
bald horizontal gelagert, bald durch spätere Veränderungen in
abweichenden Lagerungsverhältnissen. Es ist begreiflich, daß ein
Salzlager durch späteren Zutritt von Meerwasser wieder aufgelöst werden konnte, daß für die Bildung der Salzlager die Fort-
dauer des Abschlusses, für die Erhaltung eine schützende Decke
nothwendige Bedingungen waren.

In normalen Verhältnissen wird sich bei der Verdunstung
von Meerwasser und bei der Bildung der Salzlager die Spal-
tung der Salze des Meerwassers in dieselben drei Gruppen
wiederholen, wie bei der künstlichen Verdunstung. Zuerst
fällt neben Kalkkarbonat das Kalksulfat nieder, bald wasserfrei
als Anhydrit, bald wasserhaltig als Gyps. Daß bei gewöhnlicher
Temperatur das Kalksulfat wasserfrei aus Lösung niederfallen
kann, zeigen manche Vorkommen. Ferner lehrt der Versuch, daß
Chlornatriumlösung Gyps in Anhydrit umändert, und wenn diese
Umwandlung in hoher Temperatur leichter vor sich geht als bei
niederer, so mag Zeit die Temperatur ersetzen. Da außerdem
schon in feuchter Luft und durch Berührung mit Wasser Anhydrit in Gyps sich umändert, so erklärt sich das häufige Neben-
einandervorkommen von Anhydrit und Gyps. Ueber dem Kalksulfat, das als erster Niederschlag die Unterlage (das Liegende)

des Steinsalzes bildet, folgt dieses selbst, und darüber liegen als Decke (Hangendes) die aus der Mutterlauge hervorgehenden Salze. Nur in seltenen Fällen ist die Verdunstung so lange ungestört vor sich gegangen, daß sich über dem Steinsalz die Salze der Mutterlauge finden. Einbrüche des Meeres, Zerstörung der Barre, Hebung des Absatzgebietes und durch diese oder ähnliche Ursachen bedingtes Ablaufen der Mutterlauge hinderten den Absatz ihrer Salze, oder diese wurden, wenn sie vorhanden waren, später wieder in Lösung fortgeführt. Ward der Abschluß vor dem Absatze des Kochsalzes unterbrochen oder aufgehoben, so kam es nur zum Absatz von Gyps; war schon Kochsalz abgeschieden, so konnte es, wenn nicht eine schützende Decke vorhanden war, durch Einbruch von Meerwasser wieder in Lösung fortgeführt werden, und nur der schwerlösliche Gyps blieb zurück. Der erste Niederschlag, die Bedeckung des Bodens mit Gyps, hindert das Eindringen der Salzlösung in die Tiefe und ermöglicht dadurch den Absatz des Steinsalzes.

Zur Entstehung so mächtiger Steinsalzlager, wie man sie in Norddeutschland und anderswo kennt, wo die Mächtigkeit des reinen Steinsalzes mehr als 200 m beträgt, genügt einfache Austrocknung eines Meerbusens nicht. Die Rechnung lehrt, daß rund 60 cbm Meerwasser einen cbm Salz liefern, wenn der Gesammtsalzgehalt zum Niederschlag gelangt, aber zur Bildung so großer Mengen reinen Steinsalzes ist als Bedingung erforderlich, daß, nachdem in Folge der Concentration der Salzlösung das Kalksulfat abgesetzt war, über die Barre fortdauernd wieder Meerwasser einströmt. Erneute Füllung des Beckens mit Meerwasser nach Absatz des Kalksulfates und Kochsalzes aus dem ersten Beckeninhalt, wobei wahrscheinlich die Mutterlauge über die Barre abfloß, während über diesem Abstrom Meerwasser eindrang — ähnlich wie in der Meerenge von Gibraltar — brachte nach Concentration durch die Verdunstung wiederum einen schwachen Niederschlag von Kalksulfat und darüber einen stärkeren von Kochsalz hervor. Diese stetig wiederholten Vorgänge lieferten in den mächtigen Salzlagern die Wechsellagerung von Anhydrit= schnüren („Jahresringen") mit Steinsalzlagen. An andern Orten sind diese durch Salzthone, den salzhaltigen Niederschlag des im Meere Suspendirten, von einander geschieden. Hörte endlich, durch vollständigen Abschluß der Barre oder durch andere Ursachen bedingt, der Zustrom von Meerwasser auf, so begann die Kry= stallisation der Mutterlaugensalze. Aehnlich wie bei der künstlichen Verdunstung entsteht neben Kochsalz hauptsächlich Kieserit (wasser= haltiges Magnesiasulfat) und Carnallit (aus Chlorkalium, Chlor= magnesium und Wasser zusammengesetzt) neben untergeordnet auf= tretenden Verbindungen. Aus diesen Salzen gehen durch spätere Einwirkungen sekundäre Produkte hervor, wie Sylvin (Chlor= kalium) und andere. An den beiden Punkten, wo man bauwür= dige Mutterlaugensalze kennt, Egeln = Staßfurt und Kaluscz in Gallizien, bedingte eine Decke von Salzthon ihre Erhaltung, wenn auch die Art der Ablagerung in beiden Arten eine verschiedene ist. Salzthon, als Zwischenlager im Steinsalz schon erwähnt, tritt da an die Stelle der Salzablagerung, wo die Menge des im Meerwasser Suspendirten ungewöhnlich groß ist. In den Alpen führt er den Namen Haselgebirge, das bald arm, bald reich ist an Kochsalz und dann Steinsalz in größeren oder kleineren Massen neben Anhydrit und Gyps ausgeschieden enthält. Durch Aus= laugung in großen unterirdischen Kammern wird daraus Soole dargestellt.

Ueber den meisten Steinsalzlagern, mögen die Mutterlaugen= salze erhalten sein oder nicht, liegt wieder eine Decke von Anhy= drit oder Gyps; sie entstand durch erneute Bedeckung mit Meer= wasser, und an ihrer Bildung betheiligte sich unter Umständen die Mutterlauge. Ueber dem Kalksulfat kann wieder Absaß von Steinsalz folgen, und der Proceß sich wiederholen. Eine Decke von Kalksulfat oder Thon schützte das abgelagerte Salz gegen Wiederauflösung. Wegen ihrer Lage über dem Steinsalz nennt man die Mutterlaugensalze Abraumsalze. Die zahlreichen Bohr= löcher und Schächte der Egeln=Staßfurter Mulde zeigen, daß in Folge vielfacher Störungen die Anhäufung der Abraumsalze an den verschiedenen Stellen der Egeln'schen Mulde sehr ungleich und bedeutend genug für den Abbau nur bei Douglashall und Staßfurt=Leopoldshall ist. In Staßfurt enthält die untere, soge= nannte Kieseritregion der Abraumsalze neben 65 pCt. Kochsalz, 17 pCt. Kieserit und 13 pCt. Carnallit, die obere sogenannte Carnallitregion neben 25 pCt. Kochsalz, 55 pCt. Carnallit und 16 pCt. Kieserit. Die Mächtigkeit des Steinsalzlagers ist unbe= kannt, da man es nicht durchbohrt hat. Die obersten Lagen des Steinsalzes sind nicht so rein als die Hauptmasse (95 pCt. Chlor= natrium), da sie schon Salze der Mutterlauge aufgenommen haben (im Mittel 8 pCt.) Hatte man längst Spuren von Brom im Steinsalz gefunden und Brom aus der Mutterlauge der Sa= linen oder der Salzgärten dargestellt, so boten die Reste der Staßfurter Kaligewinnung eine so reiche Quelle dafür, daß 1873 20 000 kg Brom in Staßfurt dargestellt wurden. Ein Vor= handensein von Jod wird in Staßfurt nicht angeführt; Rubi= dium, Caesium und Thallium sind nachgewiesen. Borsäurehal= tige Mineralien kommen so reichlich vor, daß 1872 etwa 400 Ctr. Borsäure produzirt wurden. Welche Bedeutung die Staßfurter Abraumsalze gegen das Steinsalz in der Industrie einnehmen, zeigen die folgenden Zahlen. Von 1860 bis Ende 1872 förder= ten Staßfurt=Leopoldshall

Abraumsalze 60 616 674 Ctr. (1875: 10 364 251 Ctr.)

Steinsalz   17 183 508   „

Liegt auch der Hauptwerth der Abraumsalze in ihrem Kali=
gehalt, so wird aus ihnen als Nebenprodukt noch gewonnen
Magnesia= und Natronsulfat.[20])

In Kaluscz tritt unter miocänem Thon und Letten Hasel=
gebirge auf, dessen mittlerer (14 m mächtiger) Theil die Abraum=
(Kali=)Salze führt, zumeist Sylvin (Chlorkalium). Darunter
folgt wieder miocänes Haselgebirge und unter diesem liegen sandige
Thone und Letten. Die Gewinnung reiner Kalisalze ist durch
Abwesenheit der Magnesiasalze bedeutend leichter als in Staßfurt.

Wasser, das in der Tiefe mit Salzablagerungen oder mit
salzreicheren Sedimenten in Berührung gewesen ist, dringt als
Soolquelle zu Tage oder wird durch Pumpwerke auf die Ober=
fläche gefördert. Der Gehalt an Kochsalz und die Vertheilung
der einzelnen daneben auftretenden Salze wechselt in hohem
Maaße. Schwache Soolen macht man dadurch sudwürdiger, daß
man sie „gradirt", d. h. über Dornwände in Tropfenform lang=
sam herabfallen läßt, wobei durch Luftzug und Sonne das Wasser
verdampft. Kalkkarbonat und ein Theil des Kalksulfates schlagen
sich als „Dornstein" auf den Dornreisern nieder. Die auf diese
Weise concentrirte Soole wird in Pfannen der Siedehäuser ver=
sotten. Wieder fällt zuerst der Rest des Kalksulfates (in Verbin=
dung mit Natronsulfat) als Pfannenstein nieder, welcher Koch=
salz und andere Chloride eingeschlossen enthält; dann beginnt
das durch Nachfüllen vermehrte Kochsalz sich in Krystallen nieder=
zuschlagen, anfangs reiner als später, da es Chlormagnesium und
Bittersalz aufnimmt, und endlich bleibt die Mutterlauge übrig.
Für manche Zwecke zieht man das Sudsalz dem Steinsalz vor.
Hat auch in Deutschland nach Auffindung und Ausbeutung der
mächtigen Steinsalzlager die Produktion der Salinen bedeutend
abgenommen, so dauert z. B. in den Vereinigten Staaten die
Fabrikation von Siedesalz in hohem Maaße fort, wie schon aus

der Thatsache hervorgeht, daß dort 1870 fast nur aus Soolen 62 500 kg Brom gewonnen wurden.

Nach der Darlegung der Entstehung der Salzlager bleibt noch die Beantwortung zweier Fragen übrig: die nach der Zukunft und die über die Entstehung des Oceans. Die erstere ist fast eben so schwer zu beantworten als die zweite, weil beide das Gebiet der exacten, auf Maaß und Zahl gestützten Untersuchung verlassen. Jeder Versuch einer Antwort wird erst nach einer Reihe von Voraussetzungen möglich, deren Wahrscheinlichkeit bestreitbar ist.

Wenn es feststeht, daß noch heute Hebungen und Senkungen des Landes stattfinden und damit nothwendig Veränderungen in der Ausdehnung und Tiefe des Oceans, so sind sie doch im Vergleich zu derartigen früheren Vorgängen und zu der jetzigen Weite des Oceans, sowohl in Bezug auf Ausdehnung als auf Tiefe, so gering, daß man sie vernachlässigen kann. Zu der Annahme, daß in Zukunft die Stärke der Hebungen und Senkungen des Landes zunehmen werde, liegt kein zwingender Grund vor, viel eher zur Annahme des Gegentheils. Nimmt man die heutigen Verhältnisse des Oceans als constant, trotz des fortdauernden Absatzes des durch die Flüsse hineingebrachten Suspendirten, so bleibt noch die Erörterung nach der Zunahme des Salzgehaltes, welche bedingt wird durch die Zufuhr des im Flußwasser Gelösten. Die Untersuchungen über den Salzgehalt des Oceans sind zu jungen Datums um historische Nachweise liefern zu können, nur theoretische Betrachtungen, welche freilich nicht aller Wahrscheinlichkeit entbehren, lassen sich anstellen. Nach dem Vorhergehenden bringen die Flüsse gelöst in's Meer zunächst Karbonate, in viel geringerer Menge Sulfate, in noch geringerer Chloribe. Aber grade die ersteren enthält das Oceanwasser in so höchst untergeordneter Menge (0,30 in 10 000 Th.), daß der Zuwachs durch die Flüsse verhältnißmäßig nur gering sein kann. Zudem werden grade die Karbonate von Kalk und Magnesia fortwährend von den marinen Organismen verbraucht und dadurch in fester Gestalt fortdauernd dem Oceanwasser entzogen, wie unter Anderem der Globigerinenschlamm beweist. Schwefelsäure dagegen, in noch geringerer Menge Chlor, Natron, Kali werden kaum von den Organismen verbraucht, höchstens werden aus den Sulfaten Schwefelmetalle gebildet, die sich als unlöslich in den mechanischen Niederschlägen finden. Die in Lösung zugeführte Kieselsäure tritt in Gestalt von Radiolarien= und Diatomeenpanzern aus dem Kreislauf aus, aber wir kennen keine Form, in welcher Chlornatrium, Chlorkalium, Chlormagnesium, Magnesiasulfat als unlöslich aus dem Meerwasser abgeschieden werden. Sind diese Voraussetzungen richtig, so muß im Oceanwasser die Menge dieser Salze fortwährend zunehmen, der Ocean muß salzreicher werden. Daß diese Zunahme nur eine höchst langsame sein kann, leuchtet aus dem Mitgetheilten ein. Man könnte diesem Anwachs die durch Menschenhand bewirkten Verminderungen des Salzgehaltes entgegenstellen. Entziehen wir auch dem Ocean direkt Kochsalz, indirekt durch die dem Meere entnommenen Organismen (Säugethiere, Fische, Mollusken, Tange u. s. w.) eine gewisse Menge des früher Gelösten, so ist diese Menge im Verhältniß zur Summe des Vorhandenen viel zu gering um in Anschlag zu kommen, und außerdem gelangt durch die Flüsse ein großer Theil des Entzogenen wieder in's Meer. Nur eine Zunahme der Organismen des Festlandes, welche aus dem Kreislauf des Gelösten eine größere Menge Salze als bisher entfernt halten würden, könnte noch in Betracht kommen, aber für eine solche Zunahme

in der jetzigen geologischen Epoche liegen ebensowenig Anhalts=
punkte vor als für das Gegentheil.

In Bezug auf die Entstehung des oceanischen Salzgehaltes
ergibt sich Folgendes als wesentliches Resultat. Enthalten im
Mittel gelöst:

	Karbonate	Sulfate	Chloride
die heutigen Flüsse .	80 pCt.	13 pCt.	7 pCt.
Oceanwasser . . .	0,21 „	10,34 „	89,45 „

so können Flüsse von solcher Beschaffenheit den Salzgehalt des
Oceanwassers nicht gebildet haben. Selbst wenn alle Karbonate
durch die marinen Organismen abgeschieden werden und ein Theil
der Sulfate als Anhydrit und Gyps niedergeschlagen wird, so läßt
sich aus Flußwasser das im Oceanwasser vorhandene Verhältniß
der Sulfate zu den Chloriden nicht herstellen. Ob die Flußwässer
der früheren geologischen Perioden eine wesentlich andere Zu=
sammensetzung gehabt als die heutigen, ist direkt nicht zu beant=
worten, aber die plutonischen Gesteine, die marinen und Süß=
wasser=Absätze, welche früher von den Flüssen ausgelaugt wurden,
sind dieselben geblieben und mußten daher dieselben Salze in
Lösung liefern wie jetzt, da sich die Löslichkeit nicht geändert hat.
Es läßt sich dagegen nachweisen, daß die Zusammensetzung des
Oceanwassers, seit es marine Absätze gibt, wesentliche Aenderungen
nicht erfahren hat. In den ältesten (silurischen) Steinsalzablage=
rungen macht Kochsalz 93—96 pCt. aus, wobei das Verhältniß
der daneben vorkommenden Verbindungen — Chlormagnesium,
Chlorcalcium, Kalksulfat u. s. w. — ebenso stark wechselt als in
den jüngeren und jüngsten Steinsalzmassen. Die Soolen, welche
den ältesten marinen (Silur=)Absätzen entstammen, entsprechen ge=
nau den heutigen. Zur Zeit als diese Absätze sich bildeten, hatte
das Meerwasser, wie heute, einen überwiegenden Gehalt an Koch=
salz. Zur Erklärung dieses Gehaltes kann nur die Beschaffenheit

der Atmosphäre dienen zu der Zeit, als die Temperatur der Oberfläche so hoch war, daß nicht bloß alles Wasser dampfförmig in der Atmosphäre sich fand, sondern daneben auch alle die in so hoher Temperatur flüchtigen Verbindungen. Dazu gehören die Chloride von Natrium, Kalium, Calcium, Eisen, viele Schwefel= metalle. Daß diese Verbindungen sich damals in der Atmosphäre befanden, zeigen die ältesten plutonischen Gesteine, welche, unter dieser Atmosphäre erstarrend, Theile davon aufnahmen. Als die Temperatur so weit gesunken war, daß tropfbarflüssiges Wasser auf die Erdoberfläche gelangte, löste es alle leicht löslichen Verbin= dungen auf, welche sich früher niedergeschlagen hatten, und so entstand der Urocean. Die erste Wasseransammlung auf der Erde war nicht Süßwasser, sondern Salzwasser. Daß dieses seinen Platz häufig genug veränderte, je nachdem die erstarrte Gesteins= kruste sich hob, senkte, faltete, durchbrochen wurde von dem dar= unter Befindlichen, zeigen die marinen Absätze, alle mit Salz= gehalt. Die Verschiebung des Oceans wurde durch Erhebung des Landes bedingt, aber nicht bloß sein Niveau, sondern auch seine Tiefe. Das, was wir heute sehen, ist die Wirkung einer großen Reihe von Vorgängen, die früher energischer waren als heute, wo die erstarrte Kruste dicker und dadurch widerstandsfähiger gegen die Wirkungen des Inneren geworden ist. Und wenn auch nicht möglich ist, eine genaue Geschichte des Oceans von seinen ersten Anfängen bis heute zu schreiben, so läßt sich behaupten, daß sein Salzgehalt von Anbeginn bestand. In der Geologie gibt es mehr Thatsachen als Erklärungen, und je weiter zurück in der Zeit, je schwieriger wird die Vorstellung der einzelnen Vorgänge.

Anmerkungen.

1) Nach Fittbogen und Häffelbarth enthalten im Durchschnitt von 357 Einzelbestimmungen 10 000 Raumtheile Luft 3,34 Raumtheile Kohlensäure. Thorpe fand im tropischen Brasilien 3,28, in Luft über Ocean und irischen Canal im Mittel 3 Raumtheile Kohlensäure. Aeltere Angaben geben höhere Zahlen.

2) Thermen heißen alle Quellwasser, deren Temperatur die Mittel-temperatur des Bodens übersteigt, aus welchem sie entspringen.

3) Der im Maximum 0,000088 betragende, meist sehr viel niedrigere Gehalt an Phosphorsäure deckt den Bedarf für die Gräten, Schuppen u. s. w. der Süßwasserfische.

4) Bei 18,7° lösen sich nach Church 22,47 Gyps in 10 000 Th. kohlensauren Wassers, reines Wasser löst bei 18° nach Marignac 25,90 Gyps.

Bei 12° lösen 100 Th. Wasser 35,78 Kochsalz, gesättigte Soole bei 12° enthält demnach 26,35 Kochsalz.

5) Analysen von Quellen und Brunnen (nicht Thermen) ergeben in 10 000 Th. Wasser für das Gelöste folgende Zahlen, aus denen der Einfluß der Gebirgsart erhellt.

		Mittel	Minimum	Maximum
England:	Aus Granit und Gneis . .	0,594	0,140	0,944
„	Aus unterer Kreideformation	3,005	0,435	6,840
„	Aus Alluvium und Kies . .	6,132	2,372	22,524
Baiern:	Fränkische Schweiz. Weißer Jura	—	2,272	3,068
Rom:	Vulkanisches Gebiet. Acqua Vergine	2,634		
Berlin:	Schloßbrunnen. Diluvium .	7,078		
Wien:	Schottenbastei	13,514.		

Die Quellen aus weißem Jura enthalten auf 100 Th. Kalkkarbonat im Mittel 70,33 Magnesiakarbonat und daneben fast nur noch Kieselsäure außer Spuren von Chlor, Alkali, Eisen, organischer Substanz. In den römischen Quellen (Acqua Vergine, Felice, Paola) verhalten sich die Alkalisalze (Chlornatrium, Natronsulfat, Natronsilikat, Kalisulfat) zu den Karbonaten von Kalk und Magnesia wie 77,66, 102 zu 100 Th. Im

Berliner Schloßbrunnen machen Kalk= und Magnesiakarbonat 15 pCt., Kalksulfat 42 pCt., Chlornatrium 11 pCt., organische Substanz 3 pCt., salpetersaurer Kalk 13 pCt. des Gelösten aus.

Das oben erwähnte Minimum 0,140 zeigt die Rabatefountain in Balmoral, Temp 6,5°, welche aus Granit entspringt. Aehnliche Reinheit zeigen die aus Gletschern auf krystallinischen Schiefern hervortretenden Bäche Möll bei Heiligenblut (0,242) und die Oetz bei Vent (0,2667), in denen Kieselsäure etwa 30 pCt. des Gelösten beträgt.

6) Studer, Physikalische Geographie I. 114.

7) Prestwich. Quarterly Journal of Geol. Soc. 1872. LXVI.

8) Sonstadt (Chemical News 29. 179. 1874) glaubt in Meerwasser ein dem Osmium ähnliches Metall nachgewiesen zu haben.

Da Thallium im Staßfurter Salzlager auftritt, so fehlt es sicher im Meerwasser nicht.

9) Die Bestimmung dieser Reihe ist die wenigst sichere, da die Analysen sich in den meisten Fällen mit den übrigen 5 Hauptgruppen beschäftigen. Die Zahl 0,071 ist aus Forchhammer's Angaben entnommen und stützt sich zunächst auf Analysen des atlantischen Oceans. Die Schwierigkeit neben großen Mengen von Natron kleine Quantitäten von Kali zu bestimmen, bedingt auch für die Angaben des Kaligehaltes größere Unsicherheit als für Chlor, Kalk, Magnesia, Schwefelsäure.

10) Göthe. Gesang der Geister über den Wassern.

10a) Die Angabe Wollaston's, daß nahe bei Gibraltar der Salzgehalt des Mittelmeers in 4020 Fuß Tiefe 173 per Mille betrage, beruht, wie Carpenter nachwies, auf einem Irrthum.

11) H. A. Meyer. Untersuchung über physikalische Verhältnisse des westlichen Theils der Ostsee. Kiel, 1871.

Jahresberichte der wissenschaftlichen Commission zur Untersuchung der deutschen Meere und Ergebnisse der Beobachtungsstationen an den deutschen Küsten über die physikalischen Eigenschaften der Ostsee und Nordsee.

G. Karsten. Ueber die wissenschaftliche Untersuchung der Ostsee und Nordsee. Poggendorff Annalen. Jubelband. 1874. 506.

12) Das Wasser war bei Suez vor der Eröffnung des Kanals geschöpft. C. Schmidt fand, 1875 October, 39,759 p. M. Salzgehalt.

Nach den Meteorogical papers No. 12 des Board of trade beträgt nördlich von 20° N. B. das mittlere specifische Gewicht des Wassers im rothen Meere 1,0297, mindestens 39 per Mille Salzgehalt entsprechend. Oceanwasser mit 34,3 per Mille Salzgehalt hat ein specifisches Gewicht von 1,026.

13) Der vielbesprochene angebliche Bathybius ist Kalksulfat, welches durch Weingeist aus dem Oceanwasser ausgefällt war. Murray. Proceed. Roy. Soc. 24. 471, 1876.

14) In den $19\frac{1}{2}$ Trillionen Kubikfuß trüben Wassers, welche der Fluß jährlich in's Meer führt, macht der Schlamm $\frac{1}{1500}$ des Gewichtes aus. Dana Geology. 1863. 643.

15) Breitenlohner. Verhandl. der geol. Reichsanstalt 1876. 172.

16) Sharples fand im Tiefseeschlamm zwischen Cuba und Florida 85,62 pCt. Kalkkarbonat, 4,26 pCt. Magnesiakarbonat 1,52 pCt. Kieselsäure (fast nur Kieselnadeln von Schwämmen), 0,18 pCt. Kalkphosphat, Rest Eisenoxyd, organische Substanz und Wasser. Silliman Amer. J. (3). 1. 168. 1871.

17) Zunächst nach Untersuchungen von Usiglio, welche mit Mittelmeerwasser angestellt wurden.

18) Setzt man die Menge des Chlors = 100, so betragen im Salzgehalt

	des oceanischen Mittels	des Wassers des kaspischen Südbeckens
Schwefelsäure .	11,88	47,54
Magnesia . . .	11,03	23,67
Kalk	2,93	7,63

Gesammtsalzgehalt 34,404 per Mill. Gesammtsalzgehalt 12,9427 per Mill.

19) Reise in das Morgenland Bd. 2. 440 nach Bischof chem. Geol. 2. 49.

Der Jordan bringt bei Hochwasser täglich 6,5 Millionen Tons Wasser in das todte Meer.

20) F. Bischof. Die Steinsalzwerke in Staßfurt. Halle 1875. C. Ochsenius. Die Bildung der Steinsalzlager und ihrer Mutterlaugensalze. Halle 1877.

Druck von Gebr. Unger (Th. Grimm) in Berlin, Schönebergerstraße 17 a.